어린 새

글 김현성 그림 용달

글쓴이의 말

'잊지 마. 네가 누구인지.'

집으로 향하는 발걸음이 유난히 무거울 때가 있었다. 내가 가고자 하는 길 위에서, 옳은 방향으로 가고 있는지, 얼마큼 도달한 것인지, 조금 나아가긴 한 것인지 도무지 알 수 없을 때. 어쩌면 길을 잃은 것은 아닐까, 뒤처지고 있는 건 아닐까, 결국 다다를 수 없는 것을 꿈꾼 것은 아닐까. 두려움이 차오를 때면 망망대해에 표류한 아니, 세상 속에 혼자 버려진 듯해 아연하곤 했다. 그렇게 열정과 불안, 기대와 혼란이 뒤죽박죽되어 모든 게 막연하게 느껴지던 어느 날 어린 새 이야기가 떠올랐다. 하늘을 날고 싶지만 그러기엔 아직 너무 어린 새. 충분히 자라지 않은 날개로 비행하다 상처를 입고

자신에 대한 믿음마저 잃게 된 어린 새의 이야기를 통해서 불안에 떠는 내 마음에 힘을 주고 싶었다. 어린 새 이야기를 글로 옮겨 놓은 지도 한참 지났다. 지금도 나는 여전히 미성숙한 한 마리 어린 새다. 간절한 꿈 앞에서 조급해지는 마음은 어쩔 수 없다. 그럴 때마다 이 이야기를 다시 떠올리며 마음을 다잡는다. 얼마든지 할 수 있다고, 인내하고 노력하며 나의 시간을 기다리면 바람이 날개를 파고들어 창공에 떠올려 줄 거라고.

김현성

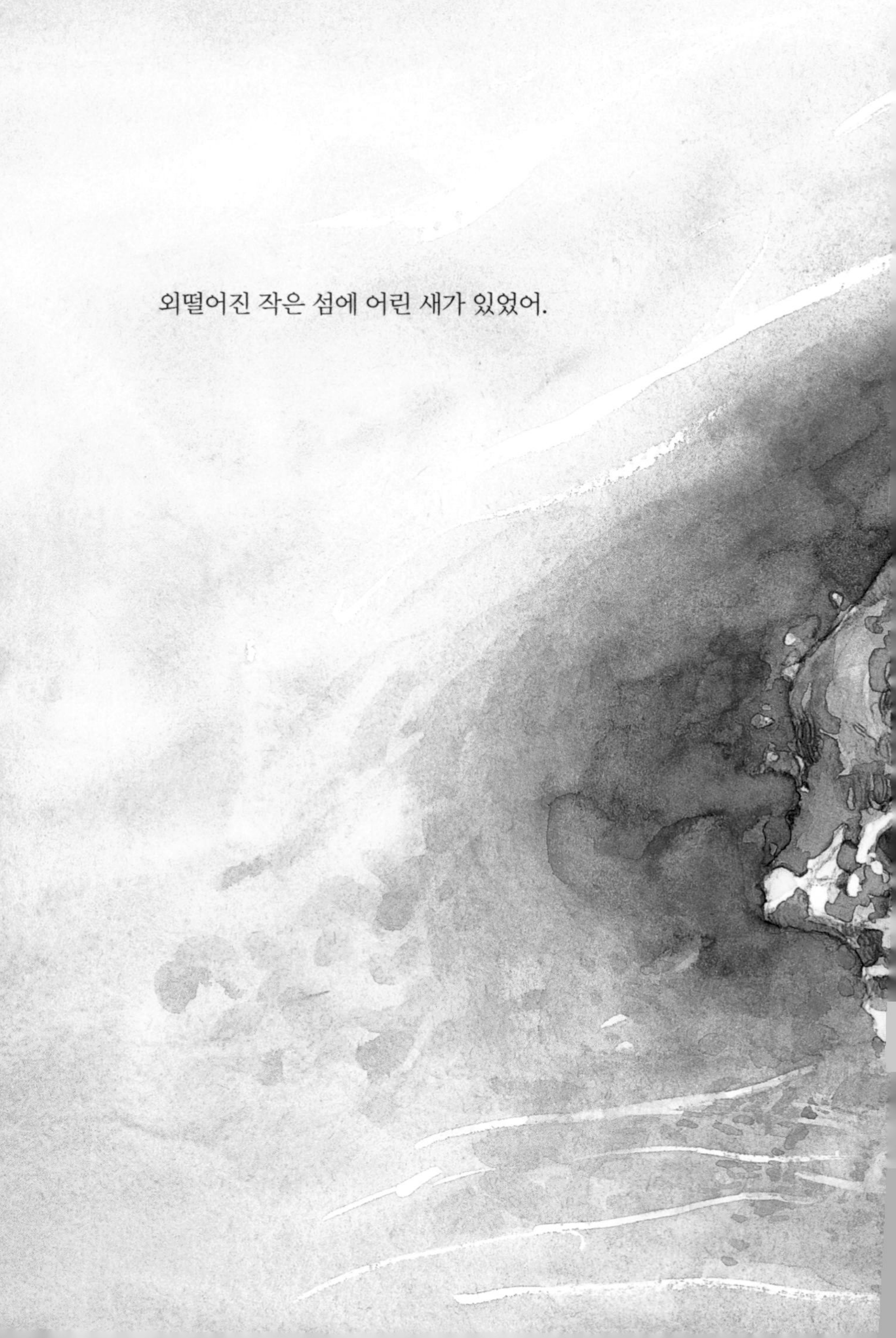

외떨어진 작은 섬에 어린 새가 있었어.

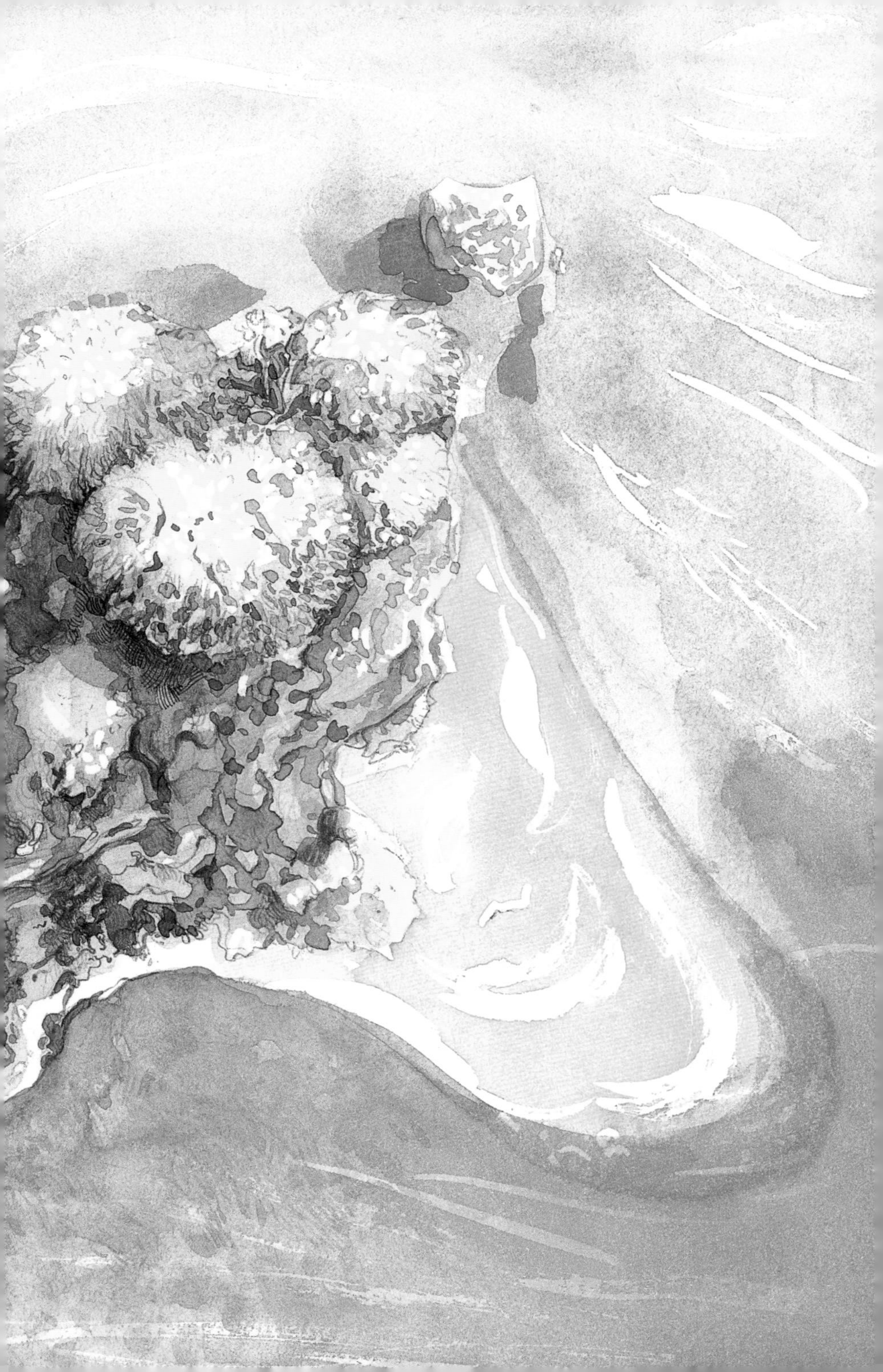

어린 새는 하루 종일 둥지 안에서 날갯짓을 했어.

하늘을 나는 상상을 하면서.

'몇 밤을 자면 아빠처럼 날 수 있어요?'

“조금 더 기다리렴.”

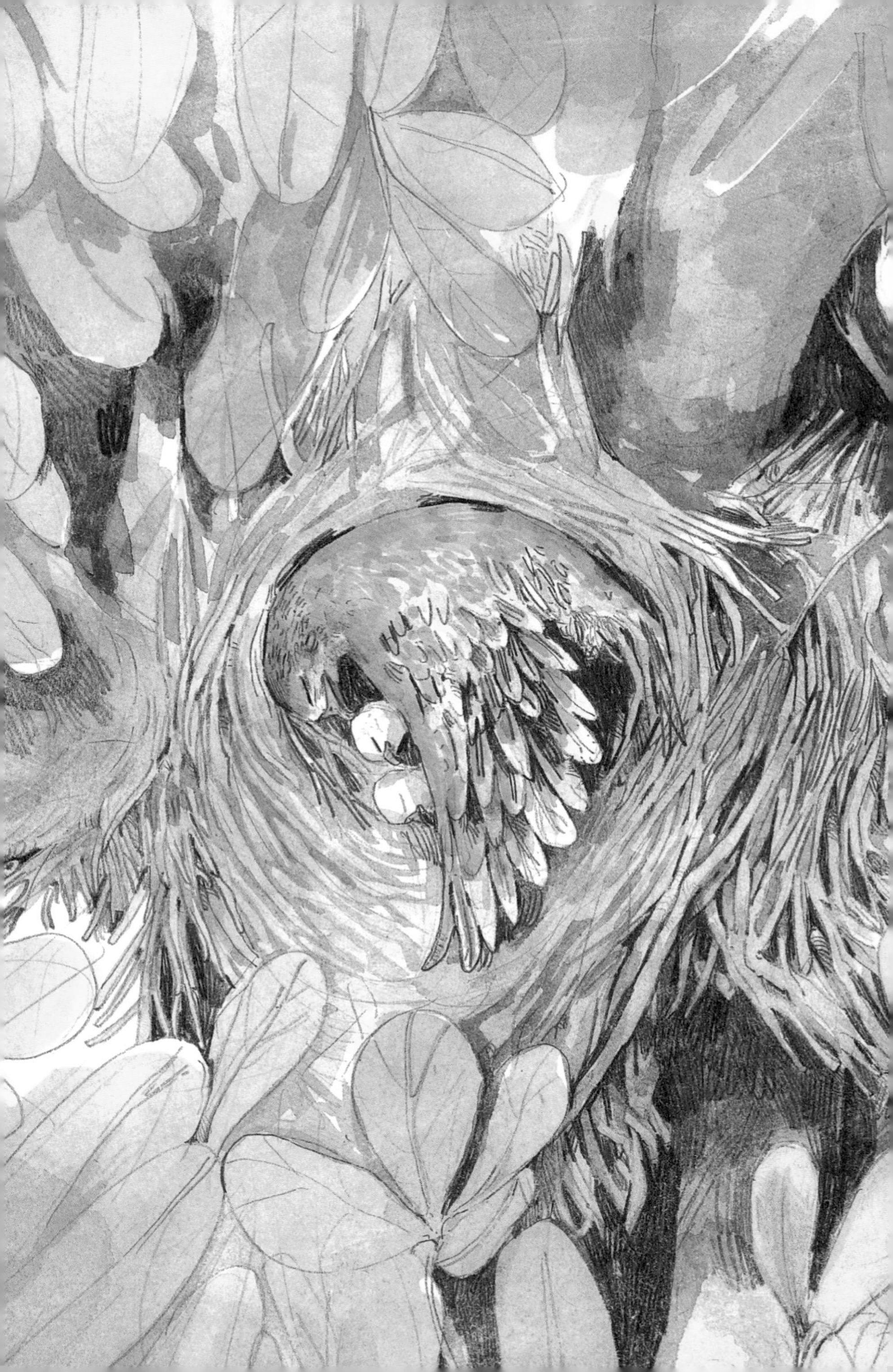

“난 동생들보다 몸집도 크고 날개도 튼튼해요!”

“아직은 아니야.
깃털에 윤이 나고
날개가 하늘을 가릴 만큼 커지면,
바람이 깃털 사이로 스며들어
널 공중에 떠올려 줄 거야.”

어린 새는 바다를 가로질러
사냥을 떠나는 새를 보며 생각했어.
'내 날개도 충분히 강하고 멋진데.'

어린 새는 둥지 위에 두 발을 딛고 올라섰어.
아래를 내려다보니 아찔했어.
"무섭지 않아. 난 누구보다 잘 날 수 있어."

어린 새는 발끝에 힘을 주었어.
'내 날개로 바람을 가르면 구름 너머 태양까지 날 수 있어.'
어린 새는 날개를 펼치고 힘껏 뛰어올랐어.
날갯짓을 하자 몸이 붕 떠올랐어.
"와! 날았어. 내가 날고 있다고!"

둥지에서 날갯짓을 하던 것과
하늘을 나는 것은 아주 많이 달랐어.
바람은 제멋대로 불었고,
고개를 들어야 할지 숙여야 할지
발은 어떻게 뻗어야 할지
연습했던 대로 되는 게 하나도 없었어.

갑자기 돌풍이 불었어.
"어, 어어!"
어린 새는 겨우 중심을 잡았어.

지나가던 큰 새가 어깨를 툭 쳤어.
"그런 날개로 하늘을 날겠다고?"

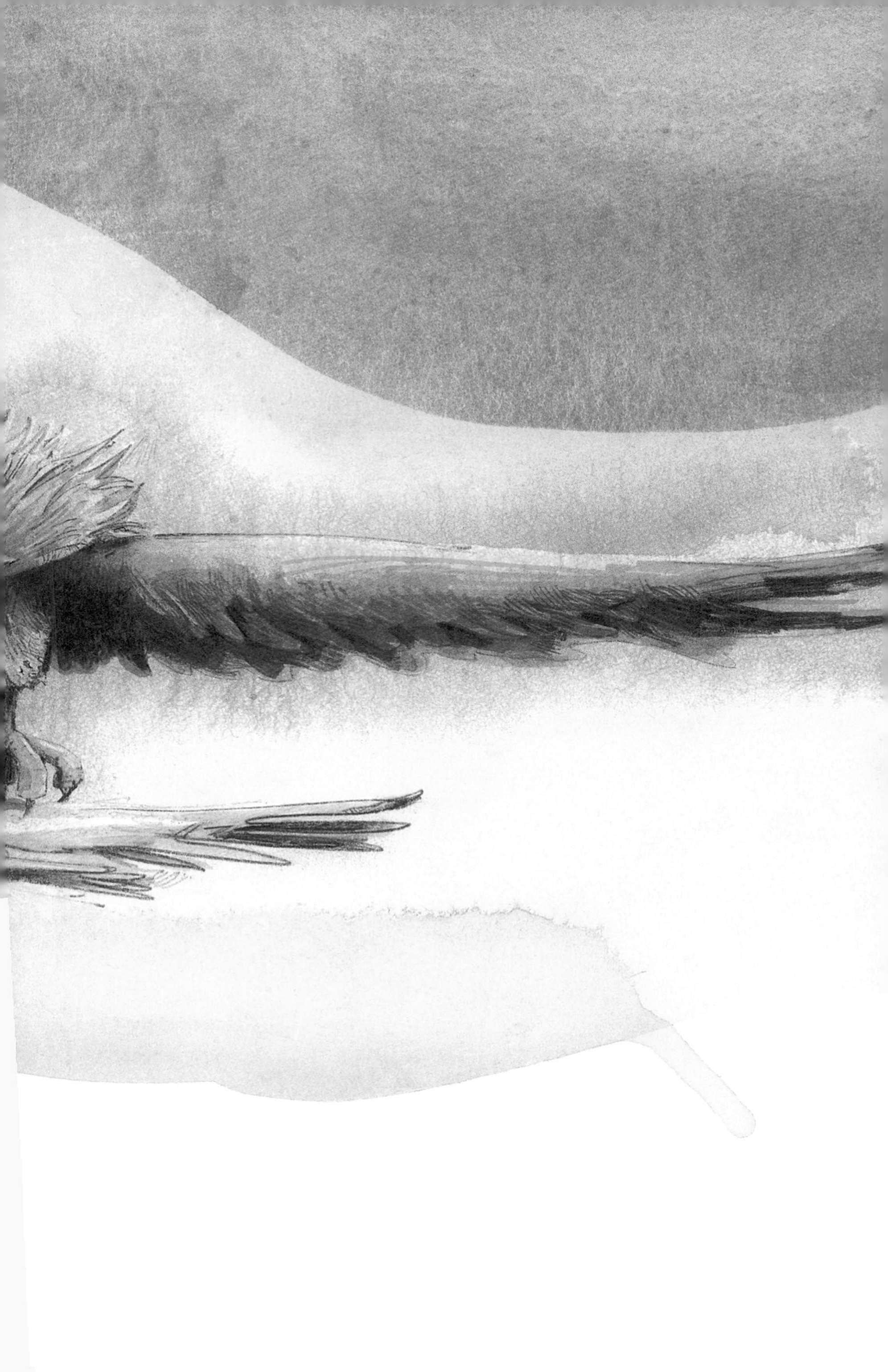

어린 새는 정신을 차릴 새도 없이 아래로 곤두박질쳤어.

아빠 새는 사라진 어린 새를 찾아 밤새 바다 위를 헤맸어.

다음 날 아침 바위섬에 떨어진 어린 새를 발견했지.

어린 새는 한참 만에 눈을 떴어.
무서운 꿈을 꾼 것 같았지.
“괜찮니?”
엄마 새가 근심 가득한 얼굴로 바라봤어.

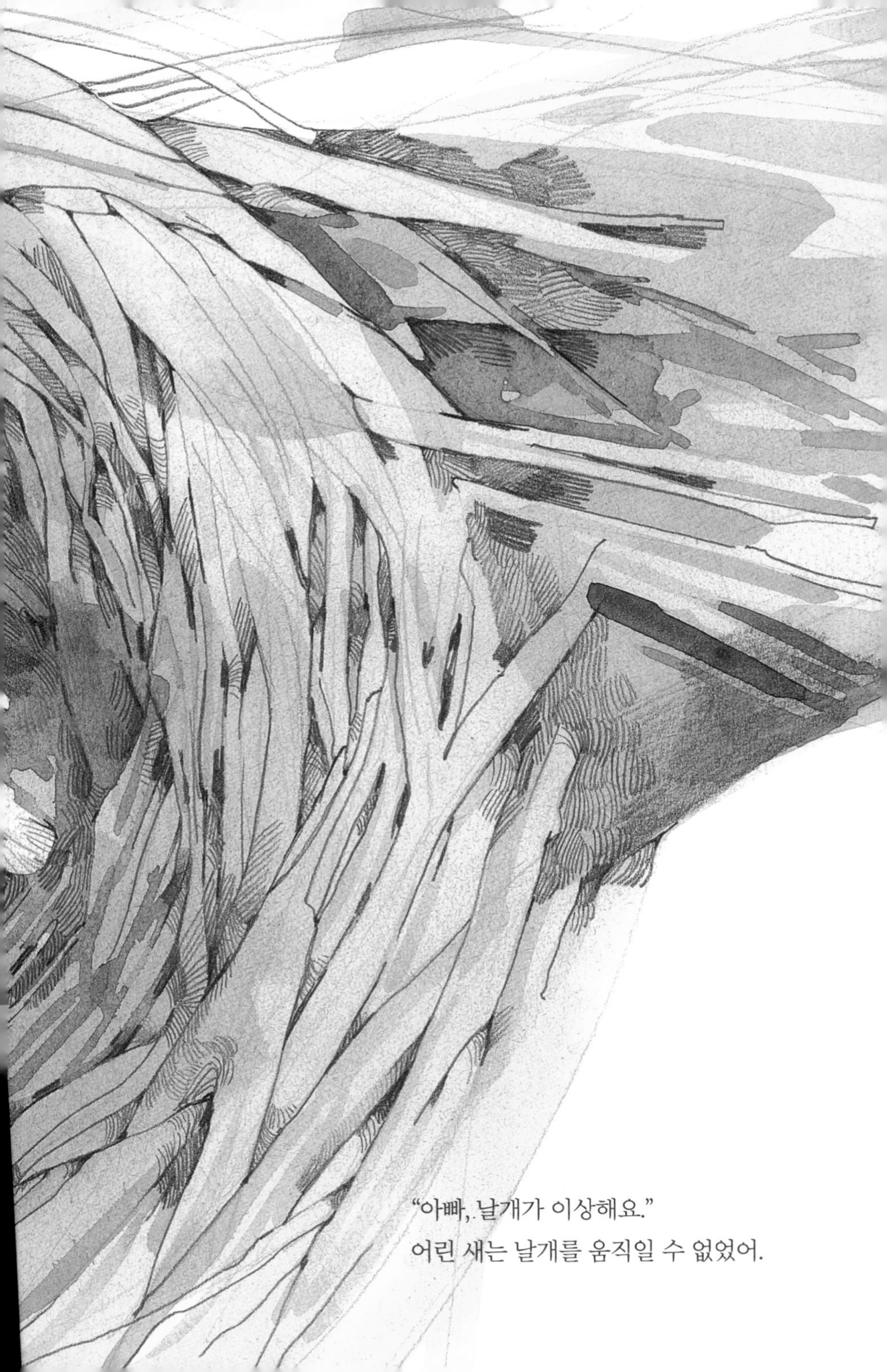

“아빠, 날개가 이상해요.”
어린 새는 날개를 움직일 수 없었어.

날개의 상처는 생각보다 깊었어.
상처가 아무는 동안 시간은 빠르게 흘렀어.
어린 새는 동생들이
하늘을 훨훨 나는 모습을 지켜봐야 했어.
싸늘한 바람이 날개깃을 훑고 지나갔어.

겨울이 다가오고 있었어.
가족은 떠날 채비를 했지.
마지막 무리마저 섬을 떠나고
이제 더는 미룰 수 없었어.

"날 혼자 두고 가지는 않을 거죠?
나는 아직 날 수가 없어요."

아빠 새는 오랫동안 어린 새와 눈을 맞추었어.

엄마 새는 발로 둥지를 움켜쥔 채
날갯짓을 하다가 내려앉았어.
동생들은 커다란 날개로 형을 안아 주었지.
어린 새는 가족이 떠나는 모습을,
서서히 멀어져 작은 점이 되고,
하늘로 사라지는 걸 멍하니 바라보았어.

커다란 둥지에 어린 새 홀로 남았어.

겨울은 바람의 세상이었어.
밤이 되면 아무리 몸을 깊이 파묻어도
칼날 같은 바람이 둥지를 파고들었어.

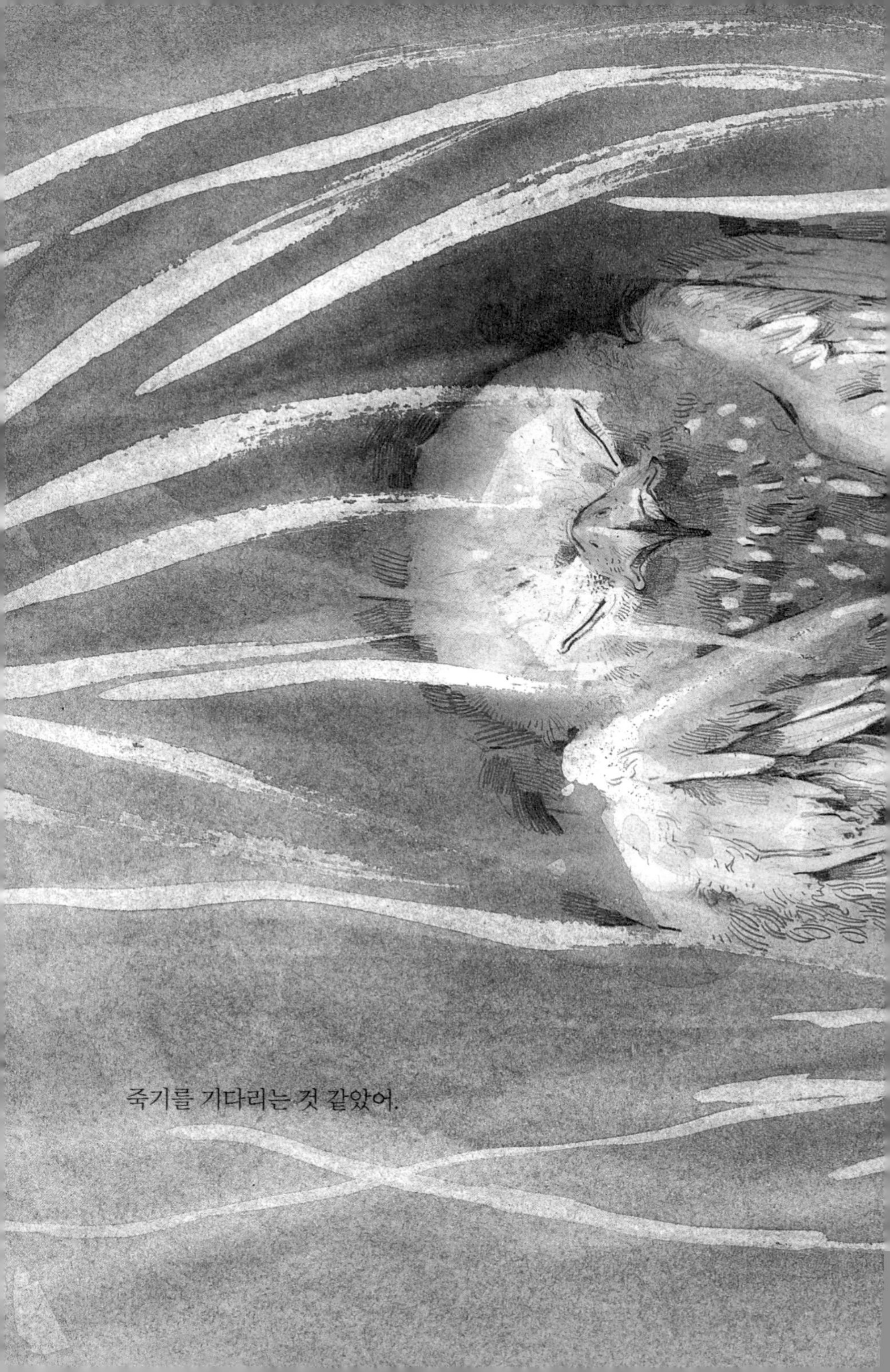

죽기를 기다리는 것 같았어.

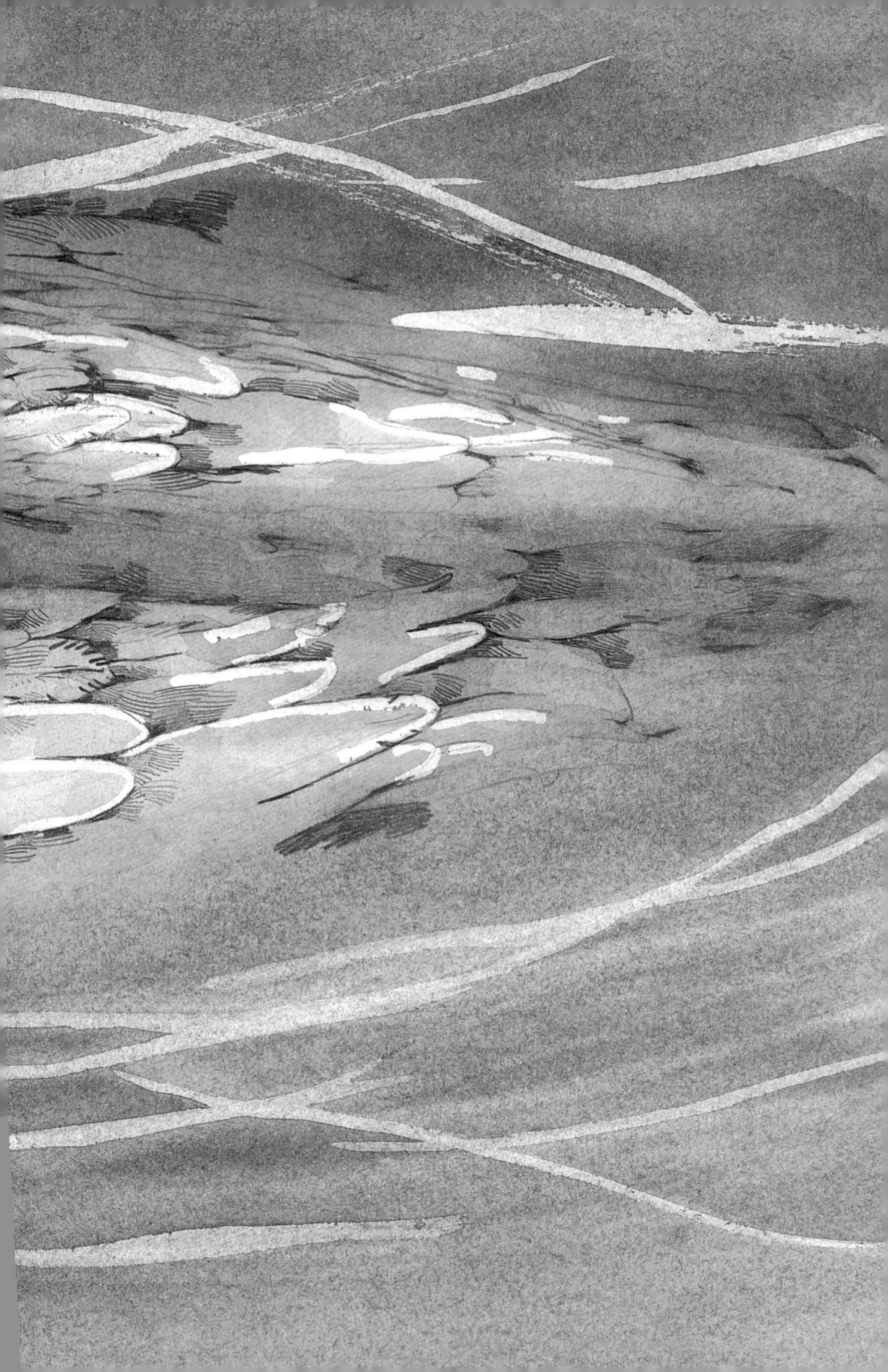

햇살이 따스한 날엔 다시 희망을 품기도 했어.
어린 새는 몸을 일으켜 둥지 밖 하늘을 보았어.
"다시 날고 싶어."

하지만 날개를 다친 어린 새에게
세상은 너무 위험했어.

"딱하구나.
그 몸으론 어림없지.
세상은 냉혹한 거란다."

바람은 점점 거칠고 사나워졌어.

웅- 웅-

밤이면 괴물이 바다 위를 떠돌며 숨을 헐떡이는 것 같았어.

'모두 날 떠났어. 이제 더 이상 버틸 힘이 없어…….'

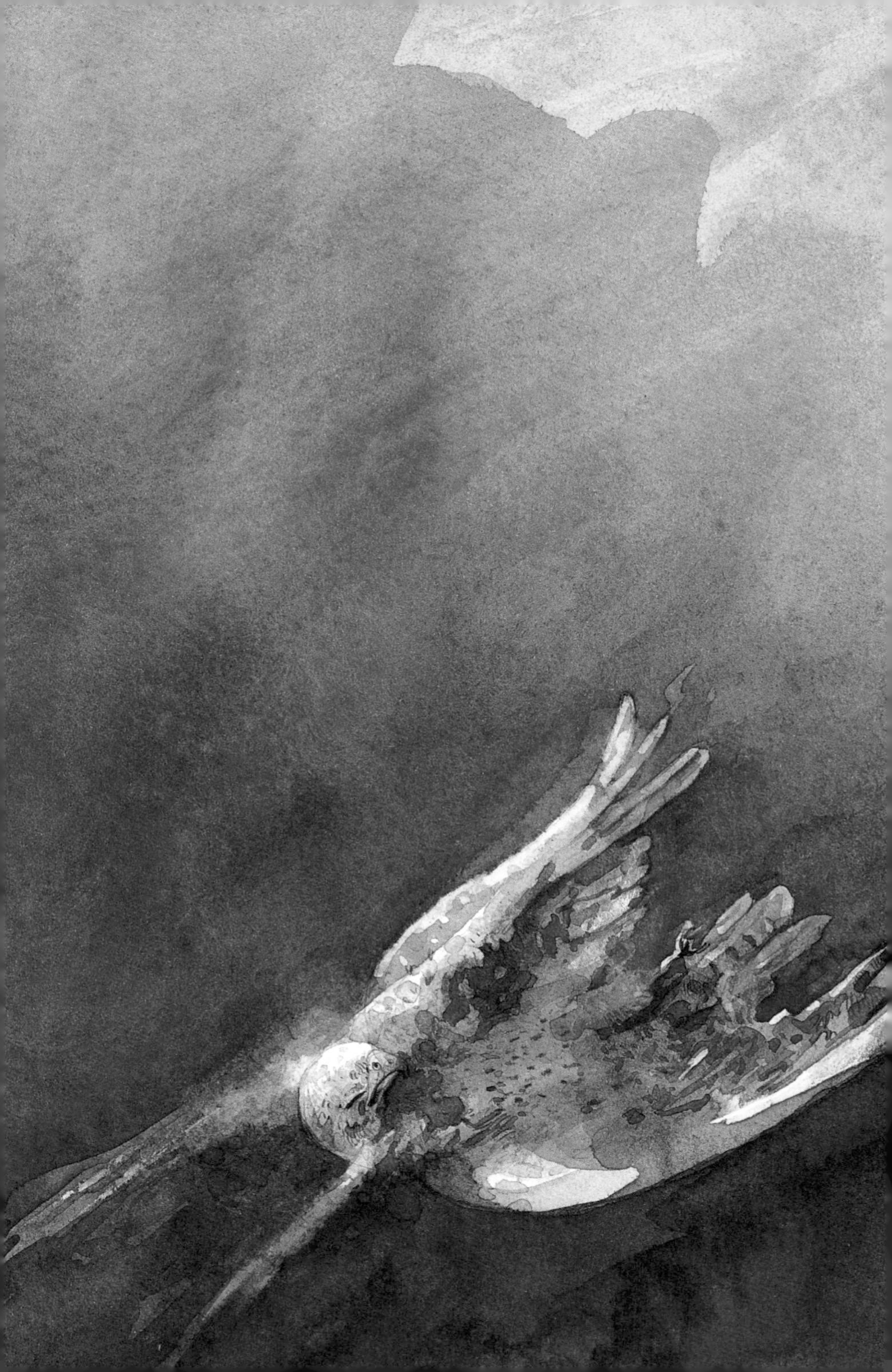

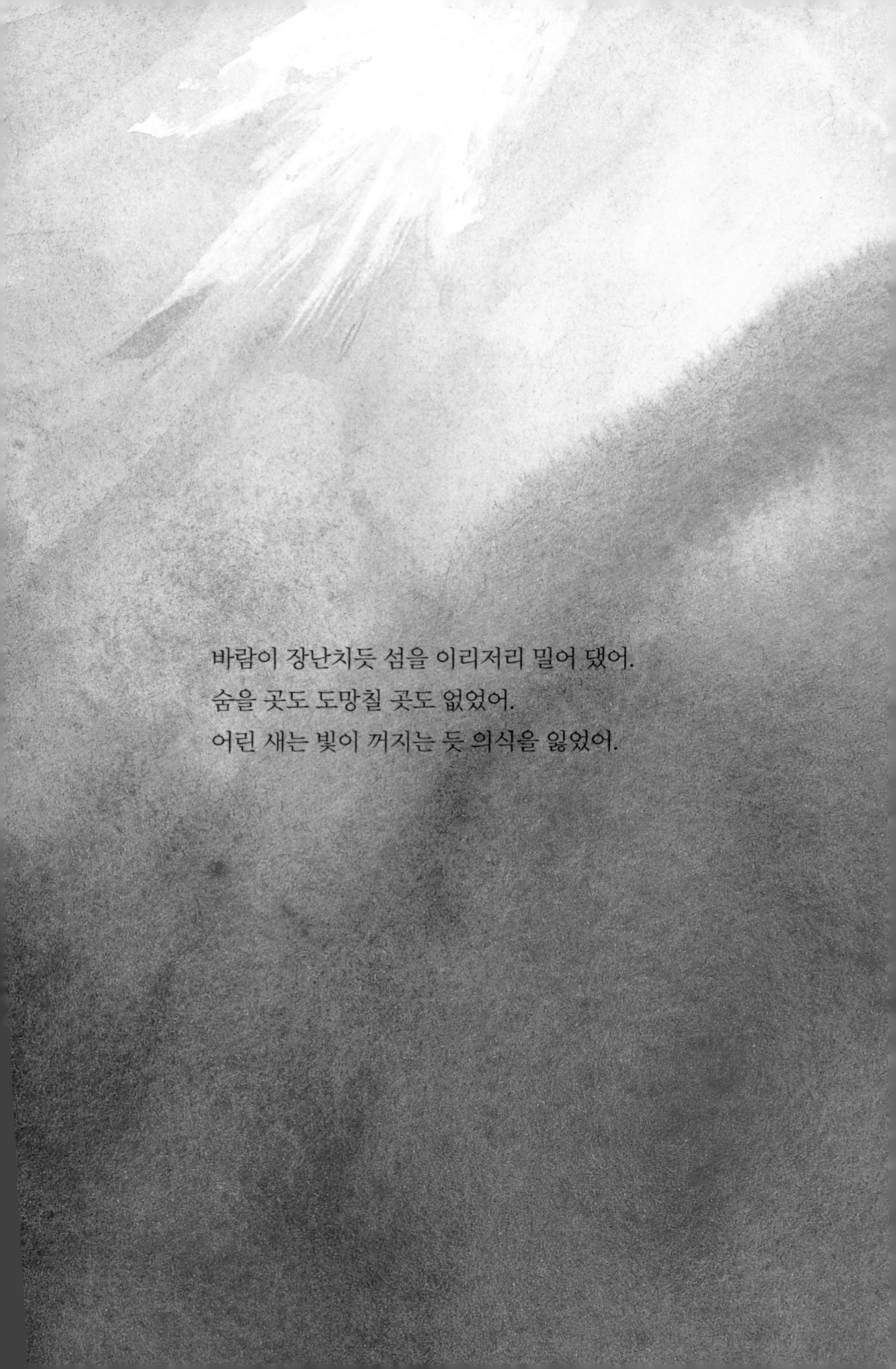

바람이 장난치듯 섬을 이리저리 밀어 댔어.
숨을 곳도 도망칠 곳도 없었어.
어린 새는 빛이 꺼지는 듯 의식을 잃었어.

“얘들아, 천천히 나를 따라오렴.”

어디선가 익숙한 목소리가 들렸어.

처음 보는 꽃과 나무로 우거진 울창한 숲이 보였어.

그 위로 엄마 새와 아빠 새,

그리고 동생들이 훨훨 날고 있었어.

아빠 새는 여전히 늠름했고,

동생들은 멋지게 자라 있었어.

“아빠, 나 여기 있어요!”

어린 새는 힘껏 소리쳤어.

아빠 새가 날아와 어린 새를 꼭 안아 주었어.

따듯한 온기가 가슴까지 전해졌어.

어린 새는 오랜만에 깊은 잠에 빠졌어.

"해가 떠오르는 광경은 언제 봐도 장관이지."

누군가의 목소리에 어린 새는 가만히 눈을 떴어.

"누구세요?

거기, 누구 있어요?"

다시 목소리가 들렸어.
“이제 그만 일어나야지.”
어린 새는 누구의 목소리인지 알 것 같았어.
아빠 새는 가끔 둥지 나무 얘기를 해 주곤 했어.
이 섬만큼 나이가 많고, 성격은 괴팍하지만
둥지를 짓도록 허락해 준 아주 좋은 분이라고.
“혹시 나무 할아버지예요?”

"더 추워지기 전에, 어서 날아가야지."
둥지 나무가 걱정스런 목소리로 말했어.
어린 새는 어디에 대고 말해야 할지 몰라서 허공에 대고 외쳤어.
"나는 날 수가 없어요. 날개를 다쳤어요."

둥지 나무의 마른 가지가 후두두 떨어졌어.
커다란 그림자가 노려보고 있었어.
어린 새는 얼른 몸을 낮추었지.

둥지 나무가 말을 이었어.
“난 네 아빠처럼 빠르고
강인한 새를 본 적이 없단다.
수백 번 태풍이 불고, 해가 뜨고 저물어 간
오랜 세월 동안
여기에 둥지를 지었던 녀석들 중에 말이야.”

"그런 네 아빠를 가장 닮은 게 너야."
"정말요? 제가요?"

"그만큼 강인하지 않았다면,
너는 벌써 추위에 얼어 죽었을 거야."

“하지만 아직 날개가…….
이런 날개로는 얼마 가지 못해 바다에 빠져 죽고 말 거예요.”

"네가 날지 못하는 건 두려움 때문이야.
두려움은 네가 누구인지 잊게 하지."

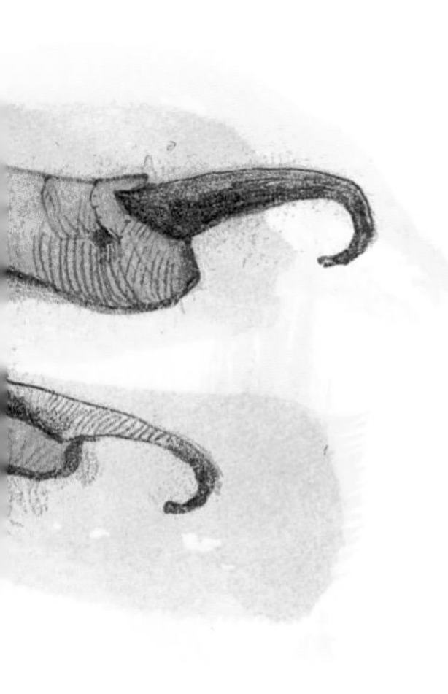

"너의 강한 발톱과 듬직한 체격을 보렴."

"너는 하늘을 날기 위해 태어났어.
누구보다 멋지게 날 수 있단다.
어떤 일이 있어도 그걸 잊으면 안 돼."

어린 새는 가만히 날개를 펼쳐 보았어.
순한 바람에 깃털이 파르르 떨렸어.
"날지 못한다면 이 날개가 무슨 소용이지?"

어린 새는 용기를 내어 둥지 위에 올라섰어.
'죽게 될 거야. 차가운 바다에 곤두박질치고 말 거야.'
버릇처럼 되뇌던 말들이 머릿속에 맴돌았어.

'다시 날 수 있어!'
어린 새는 두 발로 움켜쥔 둥지를 밀치며 힘껏 날아올랐어.
깃털 사이로 바람이 스며들자
바람에 몸을 맡기고 날갯짓을 시작했어.

'잊지 마, 네가 누구인지.'
두려움이라는 통증이 사라지고
어린 새는 누구보다 멋지게 하늘을 날았어.

추천사

'알은 세계이다. 태어나려는 자는 하나의 세계를 깨뜨려야 한다.'
≪데미안≫을 가로지르는 단 하나의 문장.
물리적 시간이 전부인 자에게 '태어남'은 일회적 사건일 뿐이다. 하지만 회복과 구원을 열망하는 자에게 '태어남'은 또 다른 재생과 도약이 움트는 기회이다.
겁 없이 용감했던 어린 새에게 닥친 치명적 상처, 그 누구도 대신해 줄 수 없는 절망의 둥지에서 어린 새는 사투를 벌인다.
날개를 다친 어린 새의 모습은 성대결절로 노래를 잃은 가수 김현성의 초상인 동시에, 험지를 떠돌며 내상을 입고 신음하는 우리 자신이기도 하다.

작가 김현성은 헤세의 문장을 몸의 언어로 다시 번역하고 싶었던 걸까.

'세계는 상처이다. 다시 태어나려는 자는 하나의 두려움을 깨뜨려야 한다.'

다시, 다시, 그리고 다시!

새로 돋은 깃털로 바람을 안고 비상하는 어린 새. 이제 그 새는 더 이상 어린 새가 아니다.

강경희(문학평론가)

추천사

무언가에 '진심'인 사람이 있다. 그 진심은 때로 둘로 갈린다. 진심을 향해 돌진하다가 쉬이 주저앉는 사람이 있는가 하면, 더디더라도 진심을 삶의 모습으로 꾹꾹 눌러 담는 사람이 있다. 작가 김현성은 진심을 삶으로 담아내기 위해 애쓰는 사람이다. 적잖은 시간 동안, 멀리서 가까이서 지켜본 그는 늘 진심이었고, 조바심치지 않았다. 한 자 한 자 눌러 썼을 ≪어린 새≫는 그래서 더더욱 값지다.

그 옛날 우리 모두가 어린 새였을 때, 다시금 날갯짓을 시작했으되 늘 머뭇거리는 우리에게, 그는 진심을 들려준다. 우리 모두가 어린 새였다고, 하여 다시금 날 수 있다고. 작가 김현성의 진심은 나로 하여금 늘, 어떤 길이든 함께 걷기를 기대하게 한다.

장동석(출판평론가)

글 김현성

음악과 글쓰기로 창작 활동을 하고 있는 Singer&Writer. [소원], [헤븐] 등의 히트곡을 부른 가수로 2015년 산문집 ≪당신처럼 나도 외로워서≫, 2020년 미술 에세이 ≪이탈리아 아트트립≫을 발표했다.

그림 용달

금속공예를 전공하였으며, 섬세한 묘사와 역동적인 드로잉을 담아내는 그림책작가이다. 기발하고 엉뚱한 상상을 그린 ≪마법가위≫, 나를 찾는 여정을 그린 ≪데미안≫을 출간하였다.

책고래숲 04

어린 새

2022년 4월 30일 초판 1쇄 발행
글 김현성 **그림** 용달 **편집** 우현옥 **디자인** 김헌기 **마케팅** 성유나
펴낸이 우현옥 **펴낸곳** 책고래 **등록 번호** 제2015-000156호
주소 서울특별시 서초구 강남대로12길 23-4, 301호(양재동, 동방빌딩)
대표전화 02-6083-9232(관리부) 02-6083-9234(편집부)
홈페이지 www.dreamingkite.com / www.bookgorae.com
전자우편 dk@dreamingkite.com
ISBN 979-11-6502-072-9 03800